Los placeres de los animales

Textos e ilustraciones de Roger Paré
con la colaboración de
Bertrand Gauthier
en la realización de los textos

1a. edición, septiembre 2007.

© *Plaisirs d'animaux*
Textos e ilustraciones de Roger Paré
con la colaboración de Bertrand Gauthier en la realización de los textos
Copyright © 1990 la courte échelle
5243, boul. Saint-Laurent
Montreal (Québec)
H2T 1S4

© 2007, Grupo Editorial Tomo, S.A. de C.V.
Nicolás San Juan 1043, Col. Del Valle
03100 México, D.F.
Tels. 5575-6615, 5575-8701 y 5575-0186
Fax. 5575-6695
http://www.grupotomo.com.mx
ISBN-13: 978-970-775-313-6
Miembro de la Cámara Nacional
de la Industria Editorial No 2961

Diseño de portada: Trilce Romero
Traducción: Ivonne Saíd Marínez
Formación tipográfica: Luis Raúl Garibay Díaz
Supervisor de producción: Silvia Morales Torres

Este libro se publicó conforme al contrato establecido entre
Les éditions la Courte échelle inc. y *Grupo Editorial Tomo, S.A. de C.V.*

Impreso en México - *Printed in Mexico*

Los placeres de los animales

Textos e ilustraciones de Roger Paré
con la colaboración de
Bertrand Gauthier
en la realización de los textos

Grupo Editorial Tomo, S.A. de C.V,
Nicolás San Juan 1043
03100, México, D.F.

Salen de sus escondites
todos con sus patines,
los animales graciosos
paseando con sus cachorros.

A todos nos gusta observar
de Lilí sus acrobacias
que en su columpio realiza
sin miedo a la oscuridad.

No importa que esté helando
sus amigos lo vienen a ver,
pero este gordo oso blanco
tan sólo piensa en comer.

Tres alegres cocodrilos
a la ciudad van llegando
y en sus brazos, muy sonriente
a una boa están cargando.

Rino toma su baño
relajado y con buen semblante,
pero es tan perezoso
que siempre pide lo carguen.

Lilí sale en un tour
rodeada de sus amigos
y viajan en Alce-Bus
pues es más divertido.

Bing, bang, bong por todas partes,
los castores laboriosos
cortan, martillan y pegan
un hogar para nosotros.

En las mañanas frías
nos dedicamos al ocio,
pasear en el agua todo el día
nos resulta muy gracioso.

Cuando quiero saludar
a mi amiga la jirafa
la escalera debo usar
si pretendo alcanzarla.

Es de noche y una luz
brillando está en mi ventana,
ha llegado el momento
de decir "hasta mañana".

Esta obra se imprimió en el mes
de septiembre del 2007 en los talleres de
Edamsa impresiones S.A. de C.V.
con domicilio en Av. Hidalgo No. 111,
Col. Fracc. San Nicolás Tolentino,
C.P. 09850, México, D.F.